註東坡先生詩

卷之四

寶蘇室中重蘇筆龍池霹靂驚卓絕醱醲嗜好辭古篇天闕
劉籐那可覦當年鍾韓吳興施余家漫莊同為之編年書祐追紹醒曲
目乃見眉山詩蘇行舊書水東年區門別類分醒野話非是數段橫
決顛倒天吳識者哂元之考訂數大孫決精獲奧留真詮跡通此經
飾皆集來根芙今唯研久閱鏝版宋槧本精書鐵畫駁光怪將武
摘殺倉曹厯絶少流傳六百載錫山虞山秘所藏錦津何處得古香四十
二馬閱十三通於蘇日新陳字壹魯改蔣鼓有遺卄卯白華亡案辭六追乃事
雖尋孑援補亡功使前賢本真出門生歸几紋叢殘五羊譜錄翻波瀾
不知其出自陳十自攻眉慈其難章泉先生精鑒嘗得宋本此書兩部
是西陂舊日書幹道取通靈奕雍騷不雅山海經先生奧博羅星辰
歎此寶弃並致汗流浞籍誰爭衡昕曉錦津不能守錯綴繙繹豈光
手錄大香什製存其真不許傳毀千載後渭南一序無塵林蘇詩蔡光
深以序致謹猶有得吁嗟王居真知音　元和後學顧宗泰謹題
蘇寺　三

嘉慶丁巳十二月十九日於蘇齋拜
東坡生日揚州羅聘武進趙懷玉長
白法式善吳縣石韞玉宣城方楷同觀
嘉慶壬申九月二十八日朝鮮書
狀官宏文學士申緯舉人柳最寬
同觀

崇仁袁傳箕同觀

註東坡先生詩卷第四

吳興施氏
吳郡顧氏

詩四十七首 起自京口盡通守錢塘

游金山寺

南唐僧應之頭陁巖記金山昔名浮玉因裴頭陁江際獲金貞元二十一年節使李錡奏易名金山

我家江水初發源 文選郭景純江賦惟岷山之導江初發源乎濫觴漢地理志岷山注大在[illegible] 宦游直送江入

過九江至于東陵東以北會于匯東為
中江入于海漢司馬相如傳官游下遂而困聞道潮頭一丈高
杭州圖經梅棗詩云䕺江杳逆流海水上潮頭天寒尚有沙痕在
中泠南畔石盤陀張又新水經揚子江心中泠水第一賣羣金山
寺詩西江中泠波四截濴出一峰青巑嶼杜子美詩白馬金盤陀古來出
沒隨波濤試登絕頂望鄉國杜子美望嶽詩會當臨絕
頂一覽衆山小韓退之詩夢中了了見鄉國江南江北青山多
羇愁畏晚尋歸楫韓退之洞庭阻風詩非懷北歸興何用勝羇愁
山僧苦留看落日微風萬頃靴文細斷霞

半空魚尾赤是時江月初生魄 毛詩魴魚頳尾注頳赤色也尚書一月三日庚戌柴望大告武成既生魄禮記月三日而成魄 二更月落天深黑江心似有炬火明飛焰照山棲鳥驚 嶺表異物志海中遇陰晦波如燃火滿海以物擊之迸散如星火有月即不復見木玄虛海賦云陰火潛然豈謂此乎 悵然歸卧心莫識非鬼非人竟何物江山如此不歸山江神見怪驚我頑 東坡云是夜所見如此 我謝江神豈得已 孟子子豈好辯哉予不得已也 有田不歸如江水 左傳僖二十四年晉文公謂咎犯曰所不與舅[illegible]

之誠有如大江

自金山放船至焦山

潤州圖經焦山以焦光所隱故以爲名

金山樓觀何耽耽文選張平子西京賦大廈耽耽撞鍾擊鼓聞淮南晉夏統傳甲夜之初撞鍾擊鼓楞嚴經云會辯擊鼓衆集撞鍾焦山何有有脩竹毛詩終南何有有條有梅採薪汲水僧兩三傳燈錄龐居士初見石頭和尚呈偈云神通并妙用運水及般柴石頭然之雲霾浪打人迹絶時有沙戶祈春蠶東坡云吳人謂水中可田者爲沙我來金山更留宿而此

不到心懷慙同游盡返決獨往（淮南王莊子要略山中之人輕天子細萬物而獨往列子力命篇獨往獨來獨出獨入孰能礙之）賦命窮薄輕江潭（揚雄橫江潭而漁）清晨無風浪自湧（文選曹子建樂府雲散還城邑清晨復來還世說晉謝安與孫綽等泛海風起浪湧諸人並懼安吟嘯自若）中流歌嘯倚半酣（列女傳趙津涓女中流為簡子發河激之歌白樂天琴酒詩心地忘機酒半酣）老僧下山驚客至迎笑喜作巴人談（文選宋玉對楚王問下里巴人）自言以客為鄉井只有彌勒為同龕（法帖請遂[illegible]書以龕壁廬其彌勒同[illegible]）困眠得就紙帳

□食食素□山跡甘山林□□古亦有□田不退寧甘貪屢侵雖去三見黜孟子柳下惠爲士師三黜左傳文公二年臧文仲下展禽杜預曰展禽柳下惠也叔夜自知七不堪文選嵇叔夜與山巨源絕交書有必不堪者七甚不可者三行當投劾謝簪組後漢崔駰傳祖篆辭甄豐辟命投劾而歸又列傳四十三亭閔仲叔以侯霸不及政事遂投劾而去爲我佳處留茆菴

甘露寺

潤州圖經甘露寺在北固山上唐寶曆中李德裕所建德

裕榮言禪師文云因甘露之降瑞立仁祠於高標東坡自注此詩云欲遊甘露寺有二客相過遂與偕行寺有石如羊相傳謂之很石云諸葛亮孔明坐其上與孫仲謀論曹公也大鐵鑊二案銘梁武帝所鑄畫師子一菩薩二陸探微筆衛公所留祠堂在寺手植柏合抱矣近寺僧蓑古殿基得舍利七粒并石記乃衛公為穆宗皇帝追福所葬者也

江山豈不好羈游情易闌劉禹錫別浩初師詩近郊有殊景獨游但可柳攜人韋應物陪王卿游詩君子有高躅相攜在常鮮歡賞心素所歡漢張耳傳如平生歡又選詩[illegible]

[illegible]谷訪[illegible]閣[illegible]逢無[illegible]官丹詩[illegible]

閑官近與夫子游子齊不識欣然肯聯鞍古郡山為城史記秦本紀塹華為城注斷華山為城層梯轉朱欄抒情詩權審著題山院詩薄日度朱欄樓臺斷崖上地窄天水寬白樂天游悟真寺詩地窄虛空寬一覽吞數州杜子美望嶽詩一覽衆山小山長江漫漫白樂天新樂府海漫漫直下無底旁無邊却望大明寺徐鉉吳錄太祖入廣陵造大明寺迎明相術僧法進以之處惟見煙中笋很石卧庭下穹隆如伏獸潤州類集輿地志石[illegible]卷在城南吳時孫氏隧道也劉備詣孫權權與俱獵因

辭各據一羊羅隱石羊詩紫髯桑蓋此沉吟很石猶存事可尋漢鼎未安聊把手楚
醪雖美肯同心緬懷臥龍公挾策事堋鑽三國志諸葛亮
傳徐庶謂先主曰孔明臥龍也文選商鞅挾策以鑽孝公一談收猘子
兵曆曹公聞孫策平定江東意甚難之常呼猘兒難與爭鋒猘狂犬也再說
走老瞞三國志魏武帝紀小字阿瞞名高有餘想事往
無留觀文選謝靈運入彭蠡詩三江事多往蕭公古鐵鑊三國
典略高歡謂杜弼曰江東老翁蕭衍專事衣冠禮樂梁武姓蕭名衍潤州類集甘露
寺有梁天監[illegible]所鑄鑊有銘可驗相對空團團陂陁受百
波音[illegible]阿石[illegible]漢司馬相如[illegible]漬雨生微瀾

學瀾生水面之詩泗水逐周鼎言秦[illegible]紀欲出周鼎泗水使千人没水求之不得渭城辭漢盤魚豢魏略景初元年徙長安鍾簴駱駝銅人承露盤盤折銅人重不可致留于霸城李賀金人辭漢歌携盤獨出月荒涼渭城巳遠波聲小山川失故態後漢嚴光傳狂奴故態也韓退之章太尉孔雀詩飄零失故態怪以能獨守僧繇六化人潤州類集甘露寺有張僧繇畫菩薩列子周穆王之時西極之國有化人來霓衣挂冰紈後漢章帝紀詔齊相省冰紈注云紈素也冰言鮮絜如冰文選范蔚宗官者論冰紈霧縠之迹盈物珎藏隱見十二疊觀者疑夸謾破板陸生畫青猊戲盤跚潤州類集甘露

寺有陸探微畫猨猊穆天子傳名獸使足走千里曰猨猊注去師子也史記平原君傳民家有躄者盤跚行汲上有二天人揮手如翔鸞文選

劉越石詩揮手長相謝筆墨雖欲畫杜子美畫鶴詩畫色久欲盡蒼然猶出塵典刑垂不刊毛詩雖無老成人尚有典刑杜預春秋經傳序左丘明受經於仲尼以為經者不刊之書也赫赫贊皇公唐李德裕傳祐封贊皇縣伯毛詩赫赫宗周杜子美詩赫赫蕭京兆今為時所憐英姿

凛以寒杜子美丹青引英英颯爽來酣戰古柏手親種挺然誰敢干潤州類集甘露寺今有李德裕祠堂畫像及所植檜枝撐

[illegible]義[illegible]口宮出[illegible]雜苜得[illegible]訢碑周禮雜 [illegible]氏[illegible]堂[illegible]叟

蓊鬱也□□斷崖出金棺瘞藏山上不牢見伏
理可歎潤州類集熙寧中長老應夫所治
地從李德裕所藏舍利并公手記
亦言劉甘露寶刹以資穆皇冥福玉壺清
話潤州甘露寺熙寧四年春江中漁者見
神光累夕起於溷廁間一旦其廁無故自
圮長老應夫再營之方築基壓土去地數
尺一礎覆土中刻曰有唐大和三年正月
二十四日於上元縣禪衆寺舊塔基下獲
舍利石函以其年二月十五日重瘞藏於
丹徒縣甘露寺東塔下金棺一銀槨一錦
襆九重皆余之施也余劉甘露寺寶刹重
瘞舍利以資穆皇之冥福也江淅西道觀
察等使兼潤州
刺史李德裕記四雄皆龍虎遺跡儼未刓
寺有諸葛武侯吳大帝梁武帝李衛公遺
跡及祠堂在焉國語靈王不顧其民一國

弃之如遺迹焉前漢韓信傳刻印刓方其盛壯時史記田光曰騏
驥盛壯時一日而馳千里爭奪肯少安杜子美聞丘師兄詩漢漢世界
黒區區爭奪繁廢興屬造物遷逝誰控摶漢賈誼服賦千
變萬化兮未始有極忽然為人兮何足控摶文選王仲宣登樓賦遭紛濁而遷逝
況彼妾庸子漢齊王傳人謂魏勃勇妾庸人耳而欲事所
難古今共一軌禮記天下車同軌書同文後世徒辛酸
文選劉越石荅盧諶詩序備辛酸之苦言杜子美別賀蘭銛詩自古皐酸辛聊
興廣武歎晉阮籍傳嘗登廣武觀楚漢戰處嘆曰時無英雄使豎子成名
東坡志林云昔先友史經臣彥輔謂余阮[illegible]

後余游甘露寺寺有孔明孫權李德裕遺跡感而賦詩猶此意也今日讀李太白廣武古戰場詩云沈酒乎豎子狂言非至公乃知太白亦誤認嗣宗語與先支之意無異嗣宗蹤放蕩本有意於世以魏晉多故故一放於酒何至以沛公為豎子乎

不待雍門彈

相譚新論雍門周以琴見孟嘗君孟嘗君曰先生鼓琴亦能使文悲乎對曰竊為足下有所悲千秋萬歲後墳墓生荊棘游童牧豎躑躅而歌其上曰孟嘗君之尊貴亦若是乎於是孟嘗君喟然太息涕承睫而未下雍門周引琴鼓之孟嘗君遂歔欷而就之

次韻子由柳湖感物

憶昔子美在東屯數間茅屋蒼山根杜子美務

居東屯詩東屯復瀼西一種住嘲吟草木

清谿来往皆茆屋淹留為稻畦欲與

調蠻獠北史蠻獠傳蠻之種類蓋盤瓠之後獠者南蠻之别種

猿鳥爭啾喧子今憔悴衆所弃左傳成公九年詩曰雖有姬姜無弃蕉萃

驅馬獨出無往還毛詩驅馬悠悠惟有

柳湖萬株柳清陰與子供朝昏柳子厚飲酒詩清陰自可庇竟夕聞佳言

胡為譏評不少借會稽典録孔融與曹公書今之少年喜謗前輩或能譏評孝章韓退之送浮屠令縱序促席接膝譏評文章史記荊軻傳願王少假借之按子由柳湖感物詩意謂柳花入水為浮萍枝忙堅時其

露蓬地為卅茅力力十生意支坐雖為繁

[illegible]神廟前老槐樹嘆曰槐樹婆娑無復生意

柳雖無言不解慍世俗乍見應憮然論語子路行以告夫子憮然嬌姿共愛春濯濯晉王恭傳美姿儀或目之云濯濯如春月柳豈問空腹脩蛇蟠白樂天悟真寺詩根株抱石長屈曲蟲蛇蟠朝看濃翠傲炎赫夜愛疎影搖清圓杜子美宿贊公土室詩松門耿疎影風飜雪陣春絮亂晉列女傳謝道韞詠雪云未若柳絮因風起蠹響啄木秋聲堅四時盛衰各有態白樂天松庭詩四時各有趣萬木非其儕搖落悽愴驚寒溫楚辭宋玉九辯悲哉秋之為氣也蕭瑟兮草木搖落

而變衰

南山孤松積雪底抱凍不死誰復賢

送蔡冠卿知饒州

初知登州許遵因婦人阿云傷夫獄遵言大理審刑所定刑名不當翰林學士王安石是遵議熙寧元年七月詔謀殺已傷案問欲舉自首從謀殺減二等論富弼曾公亮為相皆不然之二年二月三日詔自今謀殺人已死自首及案問欲舉並奏裁而安石以右諫議大夫參知政事奏言謀殺刑名論辨已一年宜早裁處上令與富弼議弼辭以案不[illegible]刑但人說謀議

[illegible]

吾觀蔡子與人游掀髯笑語無不可論語我則

定案聞詔書如安石議出依所定而審刑院大理寺官齊恢王師元蔡冠卿皆以為不當詔安石與刑寺官會議恢尋出使師元冠卿合奏不肯與安石會議詔以師元等所奏下安石安石詰難條奏至二月三日乃有前降旨揮而安石是日得政判刑部劉述丁諷奏以為不可用封還中書安石與參政唐介數爭議於上前上卒從安石議冠卿既與安石不合遂補外得饒州東坡送行詩意盖用此

異於是無可無不可杜子美詩倏忽東西無不可平生儻蕩不驚

俗漢史丹傳貌若儻蕩不備心甚謹密注云儻蕩疎誕無檢也臨事迂

闊乃過我橫前坑穽衆所畏禮記人皆曰予知驅而納

諸罟擭陷阱之中而莫之知辟布路金珠誰不畏左傳襄公三十

年鄭伯有夜飲朝至未已朝者皆自朝布路而罷爾來變化驚何

速文選諸葛孔明出師表云爾來二十有一年矣昔貌剛強今亦

頗慊君獄守廷尉法漢百官表廷尉秦官掌刑辟秩千石前漢

張釋之傳釋之為廷尉曰廷尉天下之平也壹傾天下用法皆為之輕重晚歲

[illegible]星郡易施唐地理志饒州鄱陽郡[illegible]子[illegible]

[illegible]吁天驥逐羸牛又漢郊延壽新白馬六讚道興而天驥呈才杜
子美歸樹行青章萋萋盡枯死天驥跛足
隨羸牛楚辭東方朔七諫駕羅牛而驂驥
欲試良玉須猛火淮南子終山之玉灼以爐炭三日三夜色澤不
變得天地之精也白居易詩試玉要燒三日滿世事徐觀真夢寐
楞嚴經却来觀世間猶如夢中事李太白
醉起言志詩處世若大夢胡為勞其生
人生不信長轗軻可文選古詩無為守窮賤轗軻長苦辛知君
决獄有陰功漢于定國傳父于公曰我治獄多陰德未嘗有所寃子孫
必有與者他日老人醻魏顆左傳宣公十五年魏武子有嬖妾武
子疾命其子顆曰必嫁是疾病則曰必以
為殉及卒顆嫁之曰疾病則亂吾從其治

也及輔氏之役顆見老人結草以亢杜回回躓而顛故獲之夜夢之曰余而所嫁婦人之父也爾用先人之治命余是以報

次韻楊褒早春

楊褒字之美嘉祐末為國子監直講治平間出通判潁州劉貢父同在學舍多與倡酬載貢父集蓋嘉祐名勝也好收法書蔡君謨多從借搨刻君謨帖中歐陽文忠公見其女奴彈琵琶有詩呈梅聖俞云楊君好雅心不俗太學官卑飯脫粟嬌兒兩幅青布裠三脚木牀坐調曲奇書古畫不論價以錦囊裝

老凄涼苦未和庾信詠懷詩凄涼多

怨情君家庭院得春多不辭瘦馬騎衝雪白樂天詩憐君馬瘦衣裘薄許到江東訪鄙夫又日高臥詩未裹頭時傾一盞何如衝雪趁朝人

来聽佳人唱踏莎漢外戚李夫人傳北方有佳人絕世而獨立今曲名有踏莎行

破恨徑須煩麴蘗世說孔羣與親舊書今年田得七百斛秫不了麴蘗事韓退之贈崔立之詩高士例須憐麴蘗

增年

誰復怨義娥退之石鼓歌掎摭星宿遺義娥山海經東南海外甘泉之間有義和國有女子曰義娥為帝俊妻是生十日常浴日於甘泉

良辰樂

事古難並文選謝靈運擬太子鄴中詩序天下良辰美景賞心樂事四者

雜并白髮青衫我亦歌白樂天詩白髮更添今日鬢青衫猶是去年身細雨郊園聊種菜杜子美小園種秋菜詩秋耕屬地濕小雨近甚勻冬菁飯之半牛力晚來新深耕種數畝未甚後四鄰冷官門戶可張羅杜子美醉時歌廣文先生官獨冷漢鄭當時傳下邽翟公為廷尉賓客填門及廢門外可設爵羅放朝三日君恩重白樂天雨雪放朝因懷微之詩歸騎紛紛滿九衢放朝三日為泥塗睡美不知身在何杜子美偪仄行曉來急雨春風顛睡美不聞鐘鼓傳

初至杭州寄子由二絶

[illegible][illegible]詩事力難勝韓退之詩居閑食[illegible]貧[illegible]

君恩退未能[illegible]樂天詩云新君恩歸未付斷君爲寄北山文遲鈍

終須投劾去漢翟方進傳號遲頓不及事注云頓讀曰鈍後漢傳四十三序閔仲叔世稱節士廣侯霸之辟霸及政事遂投劾而去使君何日

換聾丞漢黃霸傳許丞老病聾督郵白欲逐之霸曰許丞雖老尚能拜起送迎正頗重聽何傷公烏臺詩話云軾初任杭州寄子由詩云眼看時事力難勝貪戀君恩退未能意謂新法青苗助役等事煩雜不可辨亦言己材力不能勝任也

聖明寬大許全身後漢春日下寬大詔衰病摧頹自畏

人白樂天早秋詩閑默向隅心摧頹觸籠翅文選魏文帝雜詩客子常畏人莫

上岡頭苦相望毛詩陟彼岡兮瞻望兄兮吾方祭竈

請比隣 漢孫寶傳署御史主簿徙入舍祭竈請比隣

次韻柳子玉二首

地爐

細聲蚯蚓發銀瓶 韓退之石鼎聯句詩時於蚯蚓竅微作蒼蠅鳴

擁褐横眠天未明 纂異記陳季卿遇終南山翁擁褐而坐

衰鬢鑷殘欹雪領 杜牧之醉題詩金鑷洗霜鬢鄭愚津陽門詩笑云鮎老不為禮飄蕭雪領霜垂頤

壯心降盡倒風旋 毛詩我心則降杜子美江陵夜宴詩更覺老心降蘇秦傳齊王曰寡之心搖搖然如懸旌孟東野京山行此時游子[illegible]

自憐丹竈鎔珠火 朝野僉[illegible]

別賦守丹竈而不顧又陸機表曰必以律錙銖無爽大還丹訣契圖曰九一斤藥有十六兩每兩有二十四銖以冬至建子日辰起火分兩錙銖相稱

倦聽山城長短更聞道床頭

唯竹几夫人應不解卿卿 東坡云俗謂竹几為竹夫人世說王安豐婦卿安豐豐曰婦人卿壻於禮不敬荅曰我親卿愛卿是以卿卿我不卿卿誰復卿卿遂嘗聽之

紙帳

亂文龜殼細相連慣卧青綾恐未便 漢尚書郎更直建禮門給青綾被今西掖之任也見王禹偁黃法曹詩注子玉官為尚書郎

潔似僧巾白疊布舊唐書南蠻傳婆利國有吉貝草緝花以作布細者名為白疊杜子美贊公房詩細軟青絲履光明白氎巾深藏供老宿取用及吾身

暖於蠻帳紫茸氈錦衾速卷持還客杜子美張舍人遺褥段詩錦衾卷還客始覺心和平

破屋那愁仰見天韓退之寄盧仝詩破屋數間而已美神仙傳董奉居豫章時大旱縣令丁士彥請致雨奉曰雨易得耳貧道屋皆見天恐雨至何堪令曰先生但致雨當為架好屋明日士彥令起屋立成暮乃大雨

但恐嬌兒還惡睡夜深踏裂不成眠杜子美茅屋為秋風所破歌布衾多年冷似鐵驕兒惡卧踏裏裂

臘日游孤山訪惠勤惠思二僧

惠勤餘杭人以東坡通守錢塘見歐陽文忠公於汝陰而南公曰西湖僧惠勤甚文而長於詩吾昔為山中樂三章以贈之子渴於民事求人於湖山間而不可得則往從勤乎東坡到官三日訪勤於孤山之下遂賦此詩

天欲雪雲滿湖樓臺明滅山有無 杜子美雨詩明滅洲景微隱見巖姿露白樂天望香山詩反照轉樓臺輝輝似圖畫水浮水明滅雪壓秖偃亞王維漢江臨眺詩江流天地外山色有無中

水清出石魚可數 古樂府艷歌行語卿且勿盼水清石自見

林深無人鳥相

呼杜子美倦夜詩暗飛螢自照水宿鳥相呼李太白詩清風動窗竹越鳥起相呼

臘日不歸對妻孥漢薛宣傳為左馮翊出教曰日至吏以令休掾宜從衆歸對妻子設酒肴請鄰里一笑為樂

名尋道人實自娛漢楚元王傳常以書自娛

道人之居在何許文選謝玄暉登三山詩佳期在何許

寶雲山前路盤紆圖經云寶雲寺乾德二年吳越王錢氏建寺有寶雲菴山漢司馬相如傳山則盤紆茀鬱文選沈休文詩野徑既盤紆荒阡亦交互

孤山孤絕誰肯廬道人有道山不孤

紙窗竹屋深自煖擁[illegible]坐睡依團蒲擁褐

注見本卷[illegible]燈詩[illegible]……[illegible]公畋於

天寒

呂逵愁僕夫手詩僕夫沈齊催歸及未補選

張平子思玄賦旻[illegible]瞿旦行韓退之贈同年詩[illegible]起寫全情日未西出

山迴望雲木合但見野鶻盤浮圖柳子厚浮圖鶻說有鷙曰鶻穴于長安薦福浮圖有年矣孤游淡薄歡有餘晉陶侃傳飲酒有定限常歡有餘而限已竭到家恍如夢蘧蘧莊子齊物論昔者莊周夢為胡蝶栩栩然胡蝶也俄然覺則蘧蘧然周也作詩火急追亡逋前漢韓信傳追亡者耳清景一失後難摹文選江文通恨賦詎能摹暫離之狀

李杞寺丞見和前篇復用元韻荅

之

獸在藪魚在湖一入池檻歸期無誤隨弓旌落塵土左傳昭公二十年齊侯招虞人以弓不進辭曰旌以招大夫弓以招士皮冠以招虞人臣不見皮冠故不敢進坐使鞭箠環呷呼追列子周穆王篇昔者夢為人僕數罵杖撻無不致也眠中唫呼徹旦息焉

胥遭係罪及孥周禮小司徒之職以比追胥以令地貢尚書不用命戮于社則孥戮汝東坡云近屢獲鹽賊旨坐同保徙其家百日愁嘆

一旦媪白雪舊有終方纔豈合山人廣陽子紆朱懷金後縣志太子詔王 [illegible]

黄耇聖人著白者山　因賜金紫人生
何者非蘧廬莊子天　仁義先王之蘧廬也止一　而不可以久
處故山鶴怨秋猿孤孔稚圭北山移蕙帳空兮夜鶴怨
山人去兮曉猿驚何時自駕鹿車去風俗通俗說鹿車窄小裁
容一鹿晉劉伶傳常乘鹿車掃除白髮煩菖蒲唐文粹張籍詩
石上生菖蒲一寸十二節仙人勸我食令我頭青面如雪神仙傳九疑仙人見武帝
云聞有石菖蒲一寸九節可以服食却老故来採耳杜子美丈人山詩掃除白髮黄
精左麻鞵短後隨獵夫杜子美述懷詩麻鞋見天子莊子說劍篇
曼胡之纓短後之衣文選張景陽七命樵夫耻危冠之飾輿臺笑短後之衣射

弋狐兎供朝晡漢張騫傳堂邑父善射窮急射禽獸給食陶潛
自作五柳傳晉陶潛傳著五柳先生傳以自況潘閬畫入
三峯圖潘閬觀華山詩高愛三峯插太虛回頭仰望倒騎驢魏野詩云從此
華山圖帳裏更添潘閬倒騎驢郭緣生述征記華山有三峯直上數千仞吾年
凜凜今幾餘文選古詩凜凜歲云暮知非不去慙衛
蘧淮南子蘧伯玉年五十而有四十九年非何者先者難為知而後者易為攻也
莊子則陽篇蘧伯玉行年六十而六十化未嘗不始於是之而卒詘之以非也未知
今之所謂是之非五十九非也論語蘧伯玉使人於孔子[illegible]衛大夫蘧瑗歲
[illegible]析縣二[illegible]歸則[illegible]峯後漢馬[illegible]傳[illegible]

……事書日效前……猶……言……

之上所謂刻畫不成……杜季良不

得騎為天下輕薄……畫虎不成反類

狗者也公為臺詩話云詔……君旌落塵土

坐使鞭箠環呼以嘲諷朝廷新法行後

公事鞭箠之多也況笞保伍罪及孥百日

慈歎一日娛以譏諷朝廷鹽法收坐妻子

移鄉法太急也歲荒無術歸亡逋鵠則易

畫虎難摹意取馬援言畫鵠不成猶類鶩

畫虎不成反類狗言歲既飢荒我欲出奇

畫賑濟又恐朝廷不從乃

似畫虎不成反類狗也

再和

東望海西望湖山平水遠細欲無 唐王維傳維善

畫山水平遠雲勢石色 野人疎狂逐漁釣

繪工以為天機所到

杜子美詩低頭愧野人白樂天寄微之詩踈狂屬年少刺史寬大容

歌呼漢百官表武帝元封五年初置部刺史掌奉詔條察州景帝中二年更名郡守曰太守唐百官志武德元年改太守曰刺史漢曹參傳相舍後園近吏舍吏舍日飲歌呼參聞迺反取酒張坐飲大歌呼與相和君恩飽暖及爾

孥白樂天詩歷想為官日無如刺史時歡娛接賓客飽暖及妻兒才者不

閑拙者娛莊子巧者勞而智者憂無能者無所求飽食遨遊之意穿

巖度嶺脚力建未厭人山水相縈紆三百六

十古精廬後漢姜肱[illegible]盜[illegible]精廬求見謝罪文選[illegible]精廬[illegible]

[illegible]勤之盛[illegible]抗州[illegible]修圖經附[illegible]

五岳外亡邑不與焉　監漣與孫紫

天投閬陽明洞詩云無伴侶昔陶潛傳王弘問其所乘答云乘籃輿亦足自反

作詩雖未造藩閾元稹杜甫墓誌詩人以來未有如子美者李白

尚不能歷其藩翰況堂奧乎破悶豈不賢樗蒲博物志老子入

胡作樗蒲宋高祖紀桓玄曰劉毅家無儋石之儲樗蒲一擲百萬論語不有博奕者

乎為之猶賢乎已君才敢賭兼百夫南史柳惲傳武帝嘗曰分

其才藝足了十人毛詩維此奄息百夫之特論語由也兼人故退之朝作千

篇日未晡韓退之贈崔立之詩朝為百賦猶鬱怒暮作千詩轉遒緊朅

來硯上得佳句後漢張衡思玄賦廻志朅來從玄謀獲我所求夫何

懸於此不看營丘圖名畫錄李成工山水營丘人也世號李營丘

知君篋櫝富有餘莫惜錦緗償管遼窮

多關險誰先通睹眞名畫不用摹韓退之畫記獨孤生申叔者始得此畫而與余彈棊余幸勝而獲焉明年至河陽座有趙侍御者見之感然進曰噫余手之所摹也亡之且二十年矣居閒處獨時往日來余懷也余既甚愛之又感趙君之事因以贈之

游靈隱寺得下字詩復用前韻

杭州圖經晉咸和中有西乾梵僧 武 山是天竺靈

未可見錢塘明[illegible]客[illegible]真錢塘記議曹[illegible]防海塘始開募有致土石一斛錢一千旬月間來者如雲塘未成而[illegible]云不復取土於是載土者皆弃置而去[illegible]成一境蒙利縣有名泉亭因是為錢塘錢王壯觀今已無五代史吳越世家錢氏自唐末有國兼有兩浙幾百年宋興俶朝太祖厚禮遣還國太平興國三年詔俶來朝俶舉族歸于京師國除漢司馬相如傳斯事天下之壯觀屋堆黃金斗量珠王子年拾遺記後漢郭況庭中起高閣置衡石其上以秤量珠玉閣下有藏金窟列武士衛之劉禹錫泰娘歌斗量明珠鳥傳意運盡不勞折簡呼晉宣帝紀王凌曰凌若有罪公當折簡召凌何苦自來帝曰以公非折簡之客故耳四方官游

散兵弩漢司馬相如傳官游不遂而困宮闕留與閑人娛
盛衰哀樂兩須臾楚辭劉向九歎聊假日以須臾何用多
憂心鬱紆文選魏武帝樂府人生如寄多憂何為又曹子建詩玄黃猶能
進我思鬱以紆杜子美秋行官詩鬱紆遲暮傷谿山處處皆可廬
最愛靈隱飛來孤十三州記靈隱山青巖晋咸和中有僧登之歎
曰此是中天竺國靈鷲山之小嶺不知何年飛來喬松百丈蒼髯
鬚擾擾下笑柳與蒲殷浩傳松柏之姿一凋蒲柳弱質
望秋先零高堂會食羅千楚辭九辯高堂邃檻層軒尚書千
夫[illegible]鐘[illegible]鼓[illegible]朝晡注[illegible]本[illegible]詩疑

香方丈氍毹章[illegible]吳[illegible]書成宴[illegible]淮南子聖
人憂環堵之宅高誘注堵長一丈面環
一堵為方丈故曰環堵釋氏要覽云唐顯
慶中王玄策使西域維摩示疾之室遺
址疊石為之玄策以手板縱橫量之得
十笏故號方丈風俗通織毛褥謂之氍毹
三輔黃圖武帝溫室與規地以罽賓氍毹
李賀秦宮詩醉睡氍毹滿堂月杜陽編大
歷中新羅進五色氍毹能獻萬佛山上置山
於佛室以氍毹藉其地絕勝繁被縫海圖杜子美北征詩海圖
拆波濤舊繡移曲折天吳及紫鳳顛倒在短褐清風時來驚睡餘
遂超羲皇傲几蘧晉陶潛傳嘗言高臥北窻之下清風颯至自謂
羲皇上人莊子人間世伏羲几蘧之所行終而況散焉者乎歸時棲鴉

正畢逋後漢五行志桓帝之初京師童謠曰城上烏尾畢逋孤煙落

日不可摹

戲子由

子由外補見第三卷潁州初別子由詩注

宛丘先生長如丘唐地理志陳州宛丘鄭玄注禮記云先生老人教學者故弟子於師皆稱之史記孔子世家孔子長九尺有六寸人謂長人而異之

宛丘學舍小如舟常時低頭誦經史史記日者傳宋忠賈誼聞司馬季主言伏軾低頭後漢梁鴻傳無乃欲低頭就之乎辟退之感

舂若今吉無忽然人[illegible]禮記曲禮[illegible]

屢 斜風吹淮雨泛面（選安仁秋興 颯動戾而吹帷）

先生不愧傍人羞任從飽死笑方朔（漢東方朔傳侏儒飽欲死臣朔飢欲死）

[illegible]肯為[illegible]立求秦優（史記滑稽傳優旃當始皇時置酒而天雨陛楯郎皆沾寒優旃見而哀之居有頃殿上上壽優旃大呼曰陛楯郎汝雖長何益幸雨立我雖短幸休居於是始皇使陛楯者得半相代）

眼前勃磎何足道處置六鑿須天游（莊子外篇心有天游室無空虛則婦姑勃磎心無天游則六鑿相攘）

讀書萬卷不讀律（杜子美贈韋左丞詩讀書破萬卷三國志魏陳矯傳子本不讀法律而得廷[illegible]討之[illegible]神）

致君堯舜知無術（杜子美詩致君堯舜上再使風俗淳）

韓退之詩致君豈無術自進誠獨難勸農冠蓋鬧如雲文選班固

西京賦紱冕所興冠蓋如雲送老虀鹽甘似蜜杜子美詩送老

白雲邊韓退之送窮文太學四年朝虀暮鹽門前萬事不挂眼

韓退之贈張籍詩吾老嗜讀書餘事不挂眼頭雖長低氣不屈

餘杭別駕無功勞音職官志州郡置刺史別駕治中從事唐地理

志杭州餘杭郡畫堂五丈容旂旒史記秦始皇紀作前殿阿房上

可以坐萬人下可建五丈旗重樓夾道空雨聲遠屋多人

少風騷騷庾信小園賦風騷騷而樹慘慘天慘慘而雲低平生所

慚今不[illegible]坐對疲氓[illegible]更[illegible]鞭箠[illegible]道逢陽虎呼

與言（論語陽貨謂孔子曰來予與爾言云云貨陽虎也）

心知其非口誅唯（世說新語王弼見何晏自說注老子旨意晏多所短不復作聲但應若喏也○記趙世家簡子曰諸大夫朝徒聞唯唯公烏臺詩話云任從能死笑之朔肯為兩立求秦優意取東方朔傳侏儒能欲死及滑稽傳優旃謂陛楯郎我雖短幸休居言弟家貧官卑而身材長大所以比東方朔陛楯郎而以當今進用之人比侏儒優旃也讀書萬卷不讀律致君堯舜知無術是時朝廷新興律學軾意非之以謂法律不足以致君於堯舜今時又專用法律而忘詩書故言我讀萬卷書不讀法律蓋聞法律之中無致堯舜之術也勸農冠蓋鬧如雲送老虀鹽甘似蓼以譏諷朝廷新差提舉官所至苛細生事發擿官吏惟學官無吏責也弟轍為

學宮故有是句平生所懶今不恥坐對瘦試更鞭箠是時多徒配犯鹽之人例皆飢貧言鞭箠此等貧民輒平生所懶今不復恥矣以譏諷朝廷鹽法太急也道逢陽虎呼與言心知其非口諾唯是時張靚俞希旦作監司意不喜其為人然不敢與爭議故毀詆之為陽虎也居高志下真何益氣節消縮今無幾文章小伎安足程杜子美貽柳少府詩文章一小伎於道未為尊呂氏春秋後世以為法程文選陸佐公漏刻銘為世作程先生別駕舊齊名南史王僧虔傳東征西以淇右平齊右如今兼美俱無用付與詩人分重輕

紹[illegible]兪書[illegible]定[illegible]書
[illegible]郡人傅給事崧卿嘗記
未以示丁君其略云堂在
判官聽事之西南熙寧五年
簽書公事太守中舍張次山
子希元始剏建余從伯父
參議館於張為之記兒童時
嘗見石本大字論此堂面山
臨泉可以資仁智之養而享
其成故名張建康人號能吏
工書蓄古畫甚富嘗見其跋
玉軸黃庭數百字小楷精妙
有二王筆法方作堂時名能
文詞者往往為賦詩今攷摭
英集東坡詩外惟錄太守諫
議沈立之律詩一篇而已聽
事今為通
判南廳

青山偃蹇如高人 左傳哀六年齊陳乞曰彼皆偃蹇將弃子之命 楚辭離騷何瓊佩之偃蹇 常時不肯入官府 後漢龐公傳居峴山之南未嘗入城府杜子美遣興詩昔者龐德公未曾入州府 高人自與山有素 漢張禹傳忽忘雅素注云素故舊也 不待招邀滿庭戶 文選謝惠連泛湖歸詩並坐相招邀杜子美陪李司馬詩招邀屢有期 臥龍蟠屈半東州 臥龍山在越州 萬室鱗鱗枕其股 孟子萬室之國文選張平子蜀都賦比屋連甍千廡萬室楚辭屈原九歌魚鱗屋兮 龍堂 背之不見與無同 李義山雜纂背山起樓殺風景漢晁錯傳射不能中 狐裘反衣無乃曾 漢匡衡傳

白之表而反衣之也展君眼力戲天輿退

之吝孟郊詩溲模背時刋文字覷天巧能遣荊棘化堂宇持

頤宴坐不出門莊子漁父篇左手據膝右手持頤以聽維摩經不於

三界現身意是為宴坐不起滅定而現諸威儀是為宴坐不捨道法而現凡夫事是

為宴坐心不住內亦不住外是為宴坐於諸見不動而修行三十七品是為宴坐不

斷煩惱而入涅槃是為宴坐能如是坐者佛所印可收攬奇秀得十

五三國志蜀龐統傳當今雅道陵遲善人少而惡人多今拔十失五猶得其半文

選任彥升讓吏部表拔十得五尚曰比肩才多事少猒閑寂晉陸

機傳張華常謂曰人之為文常患才少而子更患其多卧看雲煙變

風雨筍如玉筯椹如簪強飲且為山作主不憂兒輩知此樂晉王羲之傳謝安嘗謂曰中年以來傷於哀樂與親友別輒作數日惡羲之曰正賴絲竹陶寫常恐兒輩覺損其歡樂之趣但恐造物怪多取莊子天運篇名公器也不可多取春濃睡足午窗明白樂天詩酒醒夜深後睡足日高時杜牧之詩平生睡足寒雲夢澤南州陳後主詩午醉醒來晚無人夢自驚夕陽如有意長傍小窗明想見新茶如潑乳茶苑總錄湯少茶多則乳面聚劉禹錫試茶詩欲知花乳清冷味須是眠雲跂石人

[illegible]孝青舊囊[illegible]甕城因京峴山謂之京

鎮又因門為明之京口建安十三年自吳遷於京口而鎮之顧況送少從上人詩行入

漢江秋月裏襄陽耆舊幾人存高人淪喪路人悲尚書今殷其淪

喪若涉大水其無津涯劉禹錫詩貴人淪落路人哀空聞韋叟一經

在漢韋賢傳賢以昭帝師傅為相少子玄成復以明經位至丞相故鄉魯諺曰遺

子黃金滿籯不如教子一經不見恬侯萬石時漢石奮傳景帝

曰石君及四子皆二千石乃舉集其門凡號萬石君少子慶為相謚恬侯貪病

只知為善樂後漢東平憲王傳顯宗詔曰日者問東平王處家何等最

樂王言為善最樂其言甚大副是要腹矣逍遙却恨棄官遲後漢

張溫傳溫為京兆郡丞歎曰大丈夫當雄飛安能雌伏遂棄官去七年一別真如夢文選王仲宣贈蔡子篤詩風流雲散一別如雨猶記蕭蕭瘦鶴姿白樂天新秋病起詩病瘦形如鶴

送岑著作

岑著作梓州人名象求字巖起時以提舉梓州路常平還蜀故詩云惟應畝山夢隨子到吾廬巖起事見三十三卷和岑巖起寺注

懶者常似靜靜豈懶者徒拙則近於直而直豈[illegible]歟夫子辯且直雍容時卷舒嗟我

名仁　共得歡有餘[illegible]夫其游如父子然相

得歡甚我本不違世而世與我殊李太白送蔡山人詩

我本不棄世世人自棄我拙於林間鳩毛詩鵲巢疏云鳩拙於營巢孟

東野投所知詩自慚所業微功用如鳩拙歐陽文忠公林間鳩詩人皆笑鳩拙無以

家室為懶於冰底魚人皆笑其狂子獨憐其

愚直者有時信靜者不終居而我懶拙病

禮記魚上冰未解凍之時魚於冰下自藏也杜子美發同谷縣詩平生懶拙意偶值

棲遁跡不受砭藥除許慎說文砭以石刺病也臨行怪酒

薄莊子胠篋篇魯酒薄而邯鄲圍已與別淚俱庾信詠懷詩別淚損

橫波白樂天曉別詩請君斷腸歌送我和淚酒後會豈無時孔叢子言子高之別後會無時文選謝惠連雪賦傷後會之無因遂恐出處疎周易或出或處唐文粹獨孤及酬于逖詩出處未易料且歌綫愁容惟應故山夢隨子到吾廬陶淵明讀山海經詩吾亦愛吾廬

吉祥寺賞牡丹

人老簪花不自羞花應羞上老人頭劉禹錫牡丹詩只愁花有語不為老人開醉歸扶路人應笑晉羊曇嘗因石頭大醉扶路唱樂不覺至西門悲慟謝安傳十里珠簾半上鉤杜牧贈別詩春風十里揚州夢卷上珠[illegible]

吉祥寺僧求閣名

過眼榮枯電興風久長那得似花紅上人

宴坐觀空閣摩訶般若經若菩薩一心行阿耨菩提心不散亂是名上人維摩經彼上人者難為酬對觀色觀空又云能如是宴坐佛所印可

色即空般若心經色不異空空不異色色即是空空即是色

和劉道原見寄

劉道原事見第三卷送道原歸覲南康詩注道原既與王介甫異論絕交力請歸養前詩既以汲黯比道原而此詩

益致歎美之意坐談足使淮南懼者又用汲黯事以淮南喻介甫也

敢向清時怨不容史記孔子世家夫子推而行之不容何病杜牧之詩清時有味是無能直嗟吾道與君東後漢鄭玄傳從馬融受業畢辭歸融喟然曰鄭生今去吾道東矣坐談足使淮南懼魏志郭嘉傳劉表坐談客耳漢汲黯傳淮南王謀反憚汲黯曰黯好直諫守節死誼至說公孫弘如發蒙耳歸去方知冀北空左傳冀之北土馬之所生韓退之送温造赴河陽軍序伯樂過冀北之野而馬羣遂空獨鶴不羣烏未可辨雌雄文選謝玄暉敬亭山詩獨

羊毛、員曰予聖[illegible]知烏之雌雄 廬山

自古不到處喻鳥詩平生不到亂落日獨行[illegible]得與幽人

子細窮周易履道坦坦幽人貞吉柳子厚携謝山人至愚池詩自請塵外意

況與幽人行

和劉道原詠史

仲尼憂世接輿狂論語楚狂接輿歌而過孔子曰鳳兮鳳兮何德之衰往者不可諫来者猶可追

臧穀雖殊意兩亡莊子駢栂篇臧與穀二人相與牧羊而俱亡其羊問臧則挾筴讀書問穀則博塞以游二人者事業不同其於亡羊均也

吴客漫陳豪士賦晉陸機傳吳郡人也齊王

問矜功自伐受爵不讓機栢侯初笑越人
惡之作豪士賦以刺之
方史記扁鵲傳姓秦氏名越人與號中庶
子論方曰越人之為方也不待切脈望
色聽聲寫形言病之所在過齊齊栢侯客
之入朝見曰君有疾栢侯不悅及病召扁
鵲扁鵲已逃
去栢侯遂死名高不朽終安用左傳襄公
二十四年
范宣子曰太上有立德其次立功其次立
言雖久不廢此之謂不朽文選曹大家東
征賦惟令德為不朽兮身既歿而名
存杜子美醉時歌名垂萬古知何用日飲
無何計亦良漢袁盎傳徙吳相辭行兄子
種曰吳王驕日久國多姦南
方卑濕君能日飲亡何說
王毋而已如此幸得脫獨掩陳編弔興
文[illegible]韓[illegible]之進學解
[illegible]益[illegible]爲[illegible]心煎山雨夜浪浪[illegible]韓退

止雲……浩其常浮

和劉首原寄張師氏

仁義大捷徑莊子天運篇仁義先王之蘧廬也止可一宿不可久處古之至人假道於仁託宿於義以游逍遙之墟楚辭屈原離騷夫唯捷徑以窘步詩書一旅亭列子仲尼篇吾之家如逆旅之舍楞嚴經譬如行客投寄旅亭或食或宿食宿事畢俶裝前塗不遑安住若實主人自無攸往相夸綬若若漢石顯傳顯與牢梁五鹿充宗結為黨友諸附倚者皆得寵位民歌之曰牢邪石邪五鹿客邪印何纍纍綬若若邪言其兼官據勢也猶誦麥青青莊子外物篇儒以詩禮發冢者詩固有之曰青青之麥生於陵陂生不布施死

何含珠為腐鼠何勞嚇莊子秋水篇惠子相梁莊子往見之或謂惠子曰莊子来欲代子相惠子恐莊子曰鵷得腐鼠鵷鶵過之曰嚇今子欲以子之梁國而嚇我邪鹽鐵論亦云高鴻本自冥揚子鴻飛冥冥弋人何慕焉顛狂不用嗄酒盡漸須醒杜子美江畔尋花詩江上被花惱不徹無處告訴只顛狂走覓南鄰愛酒伴經旬出飲獨空床公烏臺詩話云熙寧六年軾任杭州通判劉恕寄詩三首軾次韻和云仁義大捷徑詩書一旅亭相考般若若猶誦麦青青腐鼠何勞嚇高鴻本自冥顛狂不用嗄酒盡漸須醒此詩譏諷朝廷近日進用人以仁義為捷徑以詩書為迂但為緣貪祿所誘則假六經以進如子皆誦儒以詩發冢故云青[illegible]

[illegible]衣肯眉畫則白醒也 [illegible]方和城人之

送張職方吉甫赴閩漕六和寺中作

杭州圖經六和寺開寶三年建太平興國五年改開化寺

羨君超然鸞鶴姿漢班固敘傳超然遠覽淵然深識白樂天登龍昌懷鐵舍人詩因詠松雪句永懷鸞鶴姿江湖欲下還飛去空使吳兒怨不留青山漫漫七閩路晉賈充謂夏統吳兒木心石腸也楚辭屈原遠遊路曼曼其脩遠樂府解題別鶴操將飛比翼隔天端山川悠遠路漫漫周禮職方氏掌天下之圖辨其邦國都鄙四夷八蠻七閩九貉

何含珠為腐鼠何勞嚇莊子秋水篇惠子相梁莊子往見之或謂惠子曰莊子來欲代子相惠子恐莊子曰鴟得腐鼠鵷鶵過之曰嚇今子欲以子之梁國而嚇我邪鹽鐵論亦云高鴻本自冥揚子鴻飛冥冥弋人何慕焉

顛狂不用嗄酒盡漸須醒杜子美江畔尋花詩江上被花惱不徹無處告訴只顛狂走覓南鄰愛酒伴經旬出飲獨空床公烏臺詩話云熙寧六年軾任杭州通判劉恕寄詩三首軾依韻和云仁義大捷徑詩書一旅亭相考綬若若猶誦麦青青腐鼠何勞一嚇高鴻本自冥顛狂不用嗄酒盡漸須醒此詩譏諷朝廷近日進用之人以仁義為捷徑以詩書為逆[illegible]但存[illegible]緩身祿所誘則假六經以進加子旨謂儒以詩稱發家故云麦青[illegible]之副無五中考久貸見[illegible]

[illegible]

送張職方吉甫赴閩漕六和寺中作

杭州圖經六和寺開寶三年建太平興國五年改開化寺

羡君超然鸞鶴姿漢班固叙傳超然遠覽淵然深識白樂天登龍昌懷錢舍人詩因詠松雪句永懷鸞鶴姿江湖欲下還飛去空使吳兒怨不留青山漫漫七閩路晉賈充請夏統吳兒木心石腸也楚辭屈原遠遊路曼曼其脩遠樂府解題別鶴操將飛比翼隔天端山川悠遠路漫漫周禮職方氏掌天下之圖辨其邦國都鄙四夷八蠻七閩九貉

五戎六狄之人民國語閩芊蠻也林出程
閩中記閩之人居海嶋有七種故謂之七
閩秦時閩越王無諸王此地

門前江水去掀天 白樂天風雨晚泊詩白浪掀天晝日風

寺後清池碧玉環 劉禹錫洛城舊居詩水繞庭臺碧玉環

君如大江日千里 文選江文通休上人詩桂水日千里

我如此水千山底

雨中遊天竺靈感觀音院

杭州圖經上天竺靈感觀音院在城西二十里晉天福四年建

□𧏙□麥□黃前山後 詩浪浪 韓退之別知賦

雲浩浩其常浮泛[illegible]農夫輕[illegible]式廢管其[illegible]農

夫釋女下機絲白衣仙人在高堂釋氏有白衣觀音懺文

和蔡準郎中見邀游西湖三首

夏潦漲湖深更幽宋謝靈運傳山居賦窈窕幽深寂寞虛遠西風落木芙蓉秋杜子美客亭詩秋窻猶曙色落木更高風飛雪闇天雲拂地新蒲出水柳映洲湖上四時看不足惟有人生飄若浮文選賈誼服賦其生也若浮其死也若休解顏一笑豈易得列子黃帝篇自吾之事夫子友若人也五年之後始一解顏而笑主人有酒君應留不見錢

塘游官客文選鮑明遠行樂詩擾擾游宦子朝推囚暮決

獄白樂天詩推囚御史定違程史記燕世家有棠樹決獄政事其下不因

人嘆何時休

城市不識江湖幽如與蟪蛄語春秋莊子逍遙

游朝菌不知晦朔蟪蛄不知春秋試令江湖處城市却似

麋鹿游汀洲高人無心無不可論語我則異於是無

可無不可得坎且止乘流浮漢賈誼傳乘流則逝得坎則止公

與故舊留不得遇所得意終年留范傳正李翰林

新墓碣偶吾扁舟一日[illegible]里或遇[illegible]君不見

棄官彭澤令劉禹錫詩云□彭澤地官折腰　琴無絃巾

有酒醉欲眠時遣客休晉書南史陶潛傳並云潛為彭澤令郡遣督郵至縣吏白應束帶見之潛歎曰吾不能為五斗米折腰拳拳事鄉里小兒即解印去性不解音聲而畜素琴一張絃徽不具每朋友之會則撫而和之曰但識琴中趣何勞絃上聲南史本傳去郡將候潛逢其酒熟取頭上葛巾漉酒畢還復著之貴賤造之者有酒輒設潛若先醉便語客曰我醉欲眠卿可去

田間決水鳴幽幽毛詩幽幽南山　插秧未遍麥已

秋禮記月令孟夏之月靡草死麥秋至　相携燒筍苦竹寺唐王

摒聞孟太保病愈詩遙想公餘資味興煮茶燒筍伴僧飡　却下踏藕荷

花洲杜子美詩踏藕野泥中船頭斫鮮細縷縷杜子美姜七設鱠歌無聲細下飛碎雪船尾炊玉香浮浮杜子美稻畦水歸詩玉粒定晨炊紅鮮任霞散毛詩誕我祀如何或舂或揄或簸或蹂釋之叟叟烝之浮浮臨風飽食得甘寢楚辭九歌臨風怳兮浩歌莊子列禦寇篇無能者無所求飽食而遨遊莊子甘寢秉羽韓退之華詩倒身甘寢百疾愈肯使細故胷中留文選賈誼服賦細故蔕芥兮何足以疑君不見壯士憔悴時漢高帝紀壯士行何畏楚辭劉向九歎憂憔悴而無樂飢謀今以渴謀以今力口有時無嚴休史訂

綠武傳吳三 子不錄本

和子由柳湖久涸忽有水開元寺山茶舊無花今歲盛開二首

太昊祠東鐵墓西左傳昭公十二年梓慎曰陳太昊之墟也先生志林云余舊過陳州留七十餘日近城可游觀者無不至柳湖旁有丘俗謂之鐵墓云陳胡公墓也城濠水往往嚙其趾見有鐵錮之一樽曾與子同携孟東野夜集郡齋詩一樽歡暫同毛詩聊與子同歸兮回瞻郡閣遥飛檻北望橋竿半隱堤飯豆羹藜思兩鵠漢翟方進傳字子威汝南有鴻隙大陂郡以為饒方進為相奏罷之王莽時常枯旱鄉中追怨謡曰壞陂誰翟子威飯我豆食羹芋魁反乎覆陂當復誰云者兩

黃鵠飲河巽水賴長蜺春秋元命包虹蜺者陰陽之精雄曰虹雌曰蜺京房易傳曰蜺日旁氣也劉禹錫競渡曲螮蝀飲河形影聯如今勝事無人共韓退之題合江亭詩勝事誰復論花下壺盧鳥勸提歐陽文忠公啼鳥詩獨有花上提壺蘆勸我沽酒花前傾白樂天早春聞提壺鳥詩喜聞春鳥勸提壺

長明燈下石欄干唐文粹高邁長明燈頌主晝太陽之精中則昃昃則沒我長明燈不沒月主夜太陰之精滿則虧虧則盡我長明燈不盡劉餗唐朝傳記江寧縣寺有晉長明燈歲久火色變青而不熱隋文帝平陳已訝其古至今猶存劉禹錫詩云長明燈是[illegible]伯曾孫青青[illegible]以時長共松[illegible][illegible]

歲寒知松柏之後凋葉厚有稜犀甲健禮
冬官函人為甲犀甲七屬杜子美海椶行龍鱗犀甲相錯落蒼稜白皮十抱文花
深少態鶴頭丹文選北山移文注蕭子良古今文體曰鶴頭書劉禹錫步虛詞華表千年一鶴歸凝丹為頂雪為衣久陪方丈曼陀雨法華經天雨曼陀羅華羞對先生苜蓿盤閩川名士傳薛令之開元中為右庶子作詩曰朝日上團團照見先生盤盤中何所有苜蓿長闌干上幸東宮見之題其傍曰若嫌松桂寒任逐桑榆暖令之乃謝病雪裏盛開
知有意明年開後更誰看杜子美詩明年此會知誰健更把茱萸子細看

六月二十七日望湖樓醉書五首

黑雲翻墨未遮山杜子美茅屋歌俄頃風定雲墨色白雨跳珠亂入船白樂天悟真寺詩赤日間白雨又三游洞序水石相薄跳珠濺玉卷地風來忽吹散韓退之雙鳥詩春風卷地起百鳥皆飄浮望湖樓下水如天柳子厚別宗一詩桂嶺瘴來雲似墨洞庭春盡水如天李賀貝宮夫人詩空光帖妥水如天

放生魚鼈逐人來天禧四年太子太保判杭州王欽若奏以西湖為放生池禁捕魚鳥為人主祈福蘇宗道上元詩明月照人來無主荷花到處開杜子美絕句詩桃花一簇開無主水枕能令山俯

仙風船解與月爽回太□□□□猶百詩出歌月爽回

烏菱白芡不論錢周禮籩人之實菱芡栗脯注云菱芰也芡雞頭也杜子美峽隘詩白魚如切玉朱橘不論錢亂點青菰褁綠槃

忽憶嘗新會靈觀滯留江海得加餐韓退之文公詩云平池散芡盤史記太史公自序留滯周南歐陽文忠公食雞頭詩凝祥池鎖會靈園注云京師賣五嶽觀雞頭最佳古樂府歛馬長城窟行上有加餐飯下有長相憶

獻花游女木蘭橈任昉述異記木蘭川在尋陽江中七里洲中有魯班刻木蘭舟至今猶在唐皇甫冉潤州南郭詩縈回楓葉岸留滯木蘭橈細

雨斜風濕翠翹張志和漁父詞青蒻笠綠蓑衣斜風細雨不須歸楚辭宋玉招魂砥室翠翹挂曲瓊些劉禹錫武陵書懷詩拾羽翠翹鱗無限芳洲生杜若吳兒不識楚辭招晉夏統傳此吳兒是木人石心也楚辭屈原九歌采芳洲兮杜若將以遺兮下女杜子美詩夢歸歸未得不用楚辭招

未成小隱聊中隱文選王康琚反招隱詩小隱隱陵藪大隱隱朝市白樂天中隱詩大隱住朝市小隱入丘樊丘樊太冷落朝市太囂喧不如作中隱隱在留司官惟此中隱士致身吉可得長且安似出復似處非忙亦非閑月勞皆閑白樂天和裴[illegible]閑行[illegible]我本無家

夏字從 杜[illegible]詩此字那得更無家 故鄉無此好

湖山

七月一日出城舟中苦熱

涼飈呼不來 文選班倢伃怨歌行常恐秋節至涼飈奪炎熱 流汗方被體 杜子美詩汗流被我體 稀星乍明滅 文選曹孟德詩月明星稀杜子美倦夜詩重露成消滴稀星乍有無陳陶登浮玉中峯詩蓬壺乍明滅巨浸何瀰漫 暗水光瀰瀰 毛詩新臺有泚河水瀰瀰 香風過蓮芰 李太白宮中行樂詞繡户香風暖 驚枕裂魴鯉欠伸宿酒餘 禮記君子欠伸撰杖屨 起坐濯清泚 文選謝玄暉始

出省詩寒流自清洪

火雲勢方壯未受月露洗杜子美貽柳少府詩火雲洗月露絕壁上朝暾

身微欲安適坐待東方啓毛詩東有啓明西有長庚鄭氏云日旦出謂明星為啓行

宿餘杭法喜寺後綠野堂望吳興諸山懷孫莘老學士杭州圖經法喜院在餘杭縣北十里光化三年置為吉祥院大中祥符元年改今額

徙倚秋原上楚辤遠游章句步倚徙以遙思文選謝玄暉詩褰裳順蘭沚徙倚引芳柯白樂天秋游原[illegible]

妻涼晚照

□凄涼多怨□□水流天□□人遠思何窮問諜知秦史記三代世表曰余讀諜記黃帝以來皆有年數史記秦始皇紀三十七年至錢塘臨浙江水波惡乃西從狹中渡注云餘杭也看山識禹功左傳昭公元年劉定公館於雒汭嘆曰美哉禹功明德遠矣東坡云餘杭始皇舍舟所也西北舟枕山堯時洪水繫舟山上稻涼初吠蛤韓退之詩蛤即是蝦蟇柳老半書蟲漢五行志昭帝時上林柳樹斷仆地一朝起立生枝葉有蟲食葉成文曰公孫病已立杜子美詩蟲書玉佩蘚荷背風飄白蓮腮雨退紅追游戀遲暮楚辭屈原離騷恐美人之遲暮覓句効兒童杜子美示宗武詩覓句新知律北

望苕谿轉杭州圖經苕水出天目山古老相傳夾岸多苕草秋風吹花浮如飛雪因以名谿遙憐震澤通尚書三江既入震澤底定烹魚

得尺素古樂府飲馬長城窟行客從遠方来遺我雙鯉魚呼兒烹鯉魚中有尺素書好在紫髯翁杜子美詩好在阮元瑜獻帝春秋張遼問吳降人曰有紫髯將軍是誰降人曰是孫會稽見吳志孫權傳注

宿臨安淨土寺杭州圖經淨土寺在臨安縣南半里周顯德三年置為光孝明因寺大中祥符元年改今額

雞鳴發餘杭到寺已亭午晉孫綽天台賦

亮奉和□□午詩曦東巳亭午浮箭未移暉

參禪恩未熟飽食只先移千生睡不足杜牧之齊安郡樓詩平生睡足處雲夢澤南州急掃清風宇李太白答孟少府書清風掃門明月侍坐文選劉休玄擬古詩玉宇来清風閑門羣動息陶淵明飲酒詩日入羣動息歸鳥趨林鳴香篆起煙縷白樂天待漏入閤詩碧縷爐煙直覺来烹石泉紫筍發輕乳李肇國史補湖州有顧渚紫筍茶陸羽茶經與揚祭酒書顧渚山中紫筍茶兩片一上太夫人一充昆弟同啜但恨帝未得嘗晚涼耳周絳續茶經點茶在甌浮顆如粟

沐浴罷裹髮稀可數白樂天沐浴詩髮少不勝梳浩歌

出門去、李太白詩仰天大笑出門去、楚辭屈原九歌臨風怳兮浩歌暮色入村塢柳子厚西山宴游記蒼然暮色自遠而至微月半隱山圓荷爭瀉露杜子美詩圓荷浮小葉白樂天白蓮詩洩香銀囊破瀉露玉盤傾相携石橋上夜與故人語明朝入山房臨安真寂院一名山房在淨土之旁石鏡烱當路吳興記臨安縣東石鏡徑二尺七寸甚清明四面俱見人形昔照熊羆姿吳越王錢鏐布衣時嘗照石鏡鏡趁而聳戰左傳宣公四年楚子文曰是子也熊虎之狀而豺狼之聲今爲猿鳥顧慶母何足弔萬世一仰俯王羲之蘭亭叙俯仰一世

自淨土步至功臣寺、杭州圖經、臨安縣開化院、在縣南、梁乾化五年置為功臣院

落日岸葛巾、晉劉隗傳岸幘大言意氣自若杜子美詩白幘岸江臯
曉風吹羽扇、裴榮語林諸葛武侯與宣王在渭濱將戰宣王戎服莅事使人視武侯、乘素車白葛巾、持羽扇指麾三軍宣王歎曰可謂名士也、殷芸小說亦云
松間野步穩、竹外飛橋轉、神功鑿橫嶺
巖石得巨片直度千人溝、臨安縣圖經載寺有溝、名曰千人相傳錢氏役千人一日而成者
下有徽流注、晉佛圖澄傳敕龍取

水泫然微流岡巒蔚回合金碧爛明絢杜牧之宣城詩
城高跨樓滿金碧緬懷異姓王西漢有異姓諸侯王表漢傳四贊曰
高祖定天下功臣異姓王者八國晉郭璞題臨安山詩云五百年生異姓王負
擔此鄉縣左傳莊公二十二年陳公子完曰免於罪戾弛於負擔五代史
吳越世家錢鏐杭州臨安人也以販鹽為盜天復二年為越王長逢跨下
辱史記韓信始為布衣時貧無行淮陰少年有侮信者曰信能死刺我不能死出
我跨下於是信孰視之俛出跨下蒲伏屢乞桑間飯左傳宣公二年
晉靈公患趙宣子驟諫宣子田於首山舍于翳桑見靈輒餓問其病曰不食三日矣食
之既而與為公介倒戟以禦公徒而免之[illegible]居不告

退詩注上石[illegible][illegible]識[illegible]希廿[illegible]彥凜然英氣逼
屹起猶貧戰注見前篇他年萬騎歸父老恣歡
宴錦綉被原野金珠散貧賤五代史吳越世家錢鏐游
衣錦城宴故老山林皆覆以錦作還鄉歌
曰三節還鄉兮挂錦衣父老遠來相追隨
牛斗無孛人無欺
吳越一王駟馬歸竇融既入朝後漢竇融傳自以非
舊臣一旦入朝在功臣之右每召見容
貌辭氣卑恭已甚帝以此愈親厚之吳
芮空記面漢吳芮傳高祖以其將梅鋗有
功從入武關故德芮徙封長沙
王一年薨三國諸葛誕傳注魏黃初末盜
發吳芮冢容貌如生後豫發者見吳綱曰
君何類長沙
王但微短爾榮華坐銷歇楚辭離騷及榮
華之未落兮相

下女之可詒庾信詠懷詩壯情已銷歇劉禹錫泰娘歌繁華一旦有銷歇閱世

如郵傳漢蓋寬饒傳平恩侯許伯入第寬饒卬視屋嘆曰美哉然富貴無常忽則易人此如傳舍所閱多矣劉禹錫宿誠師山房詩視身如傳舍閱世甚東流

惟有長明燈巋然照金殿長明燈事見卷首和子由柳湖詩註文選江淹別賦謝主人兮依然雜體詩華日照方池列坐金殿側

游徑山

衆峰來自天目山寺照杭州徑山山門事者徑山乃天目東北峯也中有每路以通天目故謂之山勢若駿馬奔平川中塗

劫波[illegible]足[illegible]祐四年載大宛[illegible]

星金斗峯文生白杉□杉□杉黃金鞭徐陵洗騎馬

詩玉鞍緋總去金鞍錦覆懷劉禹錫詩飛鶩挾慶雲清景柁回旋人言山

白水亦佳下有萬古蛟龍淵山門事狀云天目之頂有

龍居焉中常出水四方而下南流由睦西流由歙皆入浙江東流由餘杭北流由安

吉皆會太湖二入吳江徑山之頂乃天目龍之別居第代國一大師法欽初隱此

山頂有素衣老人前而致拜曰龍也自師到山吾屬五百皆不安息師若久住我將

挈歸天目焉願捨此為師立錫之地乃請師南登絕頂入五峯之間中有大湫指謂

師曰吾家去此湫當漲矣留一穴之水慎勿堙之我將時至衛師焉今一穴見存謂

之井龍道人天眼識王氣金剛經如來有天眼否結茆

宴坐荒山巔山門事狀云國一大師初入山遇獵者以其地結草庵請師居之其後山頂龍湫既平北峯之陽復有草庵可居師乃止焉庵蓋龍所為今庵基在而草不生精誠貫山石為裂山門事狀云國一大師一日坐石屏之下有白衣之士自言是天目巾子山人云我誦俱胝觀音呪功力無比師欲驗之乃曰吾山後石屏汝能呪之令破否曰可遂叱之石屏裂為三片今謂之喝石巖西京雜記李廣獵冝山之陽射兎没矢飲羽進而視之石也嘗以問揚子雲子雲曰至誠則金石為開天女下試顏如蓮四十二章經天神獻玉女於佛欲以試佛後與道意而定遐邇佛言革囊衆穢爾來何為去吾不用汝天神踰敬因問道[illegible]須陀洹果僧皎然荅寒

篆聯之主 䟤亍 之閒古樂府木

蘭歌云、雄兎脚朴朔、雌兎眼迷離夜穽界水降蜿蜒漢司馬相

如傳、驂赤螭青虬之蚴蟉蜿蜒雪眉老人朝扣門願為弟

子長參禪山門事狀云中子山吉國一大師曰聞師道行高邈願度我

為沙彌師知其神異乃為去髮給沙彌之賜名崇惠爾来廢興三百

載山門事狀云永泰中國一大師至山大暦四年勑剏寺蜀志諸葛孔明出師表

爾来二十有一年矣奔走吳會輸金錢後漢蔡邕傳逺迹吳會文

選魏文帝雜詩行行至吳會飛樓湧殿壓山破朝鐘暮

鼓驚龍眠晴空偶見浮海蜃史記天官書海旁蜃氣象

樓臺韓退之贈崔立之詩頃刻青紅浮海蜃落日下數投村鳶

有生共處覆載內擾擾膏火同烹煎莊子人間世篇山木自寇也膏火自煎也

近來愈覺世議隘文選鮑明遠詩人情賤恩舊世議逐衰興

每到寬處差安便公烏臺詩話云熙寧六年內游徑山留題云近來愈覺世議隘每到勝處差安便以譏訕朝廷進用之人多是刻薄褊隘之人不少容人過失見山中寬闊之處為樂也

嗟余老矣百事廢却尋舊學已茫然聞龍乞水歸洗眼欲看細字銷殘年又詩云龍井水洗眼有熱韓退之詩夜書細字綴[illegible]杜子美[illegible]曲[illegible]

白鍾山回得□□推詩用其韻招之宿湖上

呂安□名仲甫字穆仲丞相□穆公蒙正孫也

多君貴公子漢田蚡傳上必多君有讓 晉嵇康傳潁川鍾會貴公子也

愛山如愛色韓退之假山詩□乎真愛山

心隨葉舟去軒右本記見浮葉乃為舟觀轉蓬乃作車韓退之詩共泛瀟湘一葉舟

夢遶千山碧新詩到中路文選嵇叔夜琴賦臨清流賦新詩阮嗣宗詠懷詩中路將安歸

令我喜折屐晉謝安傳兄子玄破苻堅驛書至安方對客圍棊了無喜色既罷還內過戶限心喜甚不覺屐齒之折

古来軒

冕徒管子先王制軒冕以著貴賤莊子刻意篇古之所謂得志者非軒冕之謂也、摽捨兩悲慄莊子天運篇以富為是者不能讓祿以顯為是者不能讓名親權者不能與人柄操之則慄捨之則悲數朝詞簪笏兩脚得暫赤杜子美詩南望青松駕短蝅安得赤脚踏層冰歸來不入府杜子美遺興詩昔在龐德公未曾入州府却走湖上宅寵辱吾久忘老子寵辱若驚寧畏官長詰杜子美偪仄行徒步飜愁官長怒又鄭虔文詩出則騎馬歸頻遭官長罵飄然便歸去誰在子思側孟子無人乎子思之側則不能安子思君能從我[illegible]王樂與[illegible]秀才遊書鄭虔[illegible]出郭及未黑古樂[illegible]

宿望湖樓再和

新月如佳人出海初弄色（高適人日寄杜二詩柳條弄色不忍見）娟娟到湖上（文選鮑明遠翫月詩娟娟似蛾眉）瀲瀲搖空碧（白樂天西湖晚歸詩煙波淡蕩搖空碧）夜涼人未寢（顧況臨海所居詩月上春林人未眠）山靜聞響屐騷人故多感悲秋更憀慄（南史謝靈運傳尋山涉嶺必造幽峻登躡常着木屐上山則去其前齒下山則去其後齒楚辭宋玉九歌悲哉秋之為氣也蕭瑟兮草木搖落而變衰憀慄兮若在遠行）君胡不相就（杜子美偪仄行速宜相就）

飲斗一朱墨紛黜赤北史蘇綽傳拜大行臺右丞始制文案程式朱出墨入及計帳户籍之法我行得所嗜十日忘家宅但恨無友生毛詩雖有兄弟不如友生詩病莫訶詰白樂天謂詩有入病若平頭上尾蜂腰鶴膝大韻小韻傍紐正紐之文選曹子建與楊德祖書劉季緒才不逮作者而好詆訶文章掎摭利病君来試吟味定作鶴頭側跂羅心愈疑杜子美詩新詩跂羅自長吟滿帋交蛟蛇黑杜子美詩欝欝三大字蛟龍岌相纏

又泛西湖五絕

新月生[illegible]迹未安尚書[illegible]越三日庚戌紫[illegible]

斜輪未安新月詩景纔破五六漢盤相三五明月文選古詩滿四五蟾兔缺今夜吐艷如半璧盧仝月蝕詩初露半箇璧漸吐滿輪魄又今夜吐篏長如虹遊人得向三更看

三更向闌月漸垂欲落未落景特奇明朝人事誰料得杜子美杜鵑行蒼天變化誰料得看到蒼龍西沒時漢天文志東官蒼龍星韓退之詩東方蒼色龍

蒼龍已沒牛斗橫東方芒角昇長庚西漢天文志天一槍棓矛盾動搖角大兵起注李奇曰角芒角後漢天文志長庚庚廣如一匹布著天律歷志角角觸也觸地而出戴芒角也北夢瑣言李滂詩長庚冷有芒文曲澹無

氣漁人收筒及未曉船過惟有菰蒲聲東坡

去、湖上禁漁皆盜釣者

菰蒲無邊水茫茫杜子美城上詩春動水茫茫荷花夜開風露香漸見燈明出遠寺更待月黑看湖光

湖光非鬼亦非仙風恬浪靜光滿川須臾兩兩入寺去就視不見空茫然

註東坡先生詩卷第四

嘉慶二十有一年十月八日歙縣戈寶樹甘泉汪喜孫同觀
蘇文忠公天際烏雲墨蹟因并獲觀此帙喜孫題記

此世間瑰寶宜爲學士以名其齋清

未歸袁氏遇火後歸張氏今

慰堂姻弟奉收歸中央圖書館學

九原有知當爲此書慶得所矣

癸未十月張宗祥記

宗祥